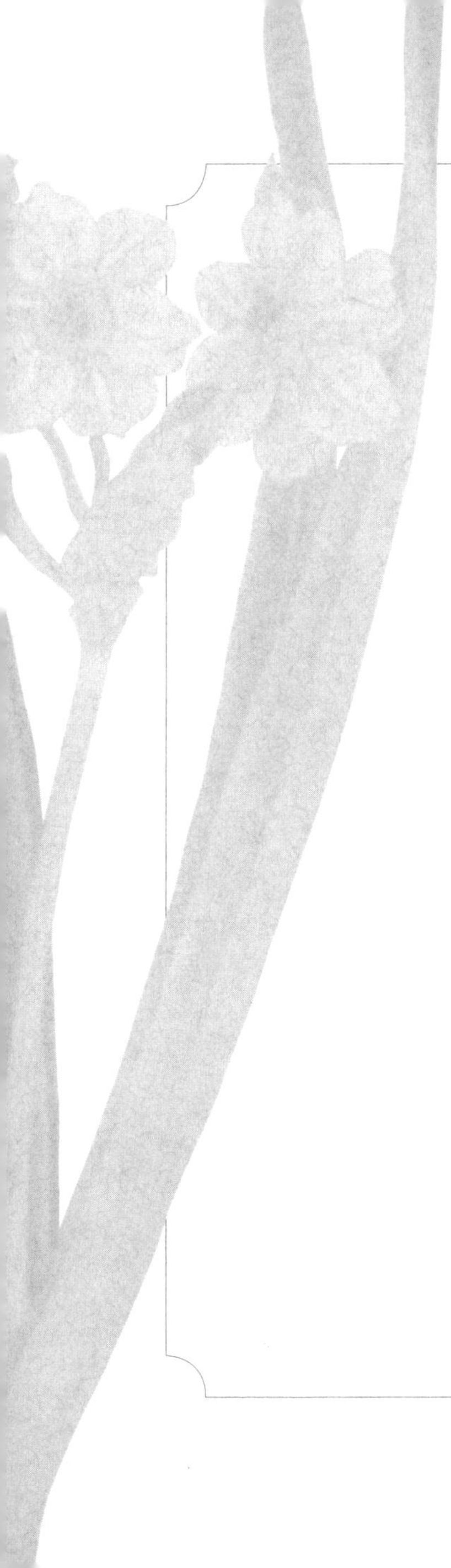

遺句集

水仙

菅章江

菅章江さんを偲んで

平成二十七年四月に逝去された菅章江さんの遺句集『水仙』が上梓されることになった。

誠に意義のある上梓であると思っている。菅章江さんは、第一句集『海の小筥』という句集を上梓していて、その気品と抒情をこめた一句一句が読む人の胸をうったのである。

その菅章江さんの遺してあった俳句を、長女の川上ひろみさんが整えて私へ送ってくれ、改めて俳句をつぶさに読ませて頂いて、約三百句をこの遺句集『水仙』に収めた。

この選句をしている時でも菅章江さんの俳句が秘めている知的な把握と非凡な描写、これらに感銘したことを明記しておきたい。

たとえば、

職退きて風すぢの外にゐる寒さ
秋の蚊帳はなし半ばに姉ねむり
残菊ややはらかきもの首に巻き
揚雲雀かなしき性を組み込まれ
アルバムを閉ぢて烈しき夏果つる
餌台に小鳥来てゐる賀状書く
ただならぬ友の筆あと白木槿
重陽やのけぞつて見る高野槙

など人間世界と小動物、そして自然、これらの現象を格調をもって詠まれている。
あえて、次の一句を掲げる。

父の日の夫をひとりにして句会

某日、大森の句会に、ひょっこりと句会場へ現れた。
ご主人の介護で目を離せないと聞いていたから、おどろいている私に、「主人は家族にまかせてきました。私も息抜がしたくて参りました」ときびきびと答えられた表情が日に残っている。
そうした作者だったが、作者自身も病を得て闘病生活に入ったと知った。
そして、今年四月に菅章江さんの訃報に接したのである。私と同世代と思っていたので、胸に深くおどろきと、さみしさが生まれて、しばらく消えることはなかった。

茎立やけなげな笑顔目に残り

「港」六月号にこの悼句を表わしているが、本当に心からの菅章江さんの笑顔が日に残っている。

合掌

平成二十七年四月

大牧　広

謝

妻は俳句が好きでした。

好き、というより、妻にとって俳句は、まさに生活の一部でした。

妻は聡明で、とても真面目で几帳面な性格でした。炊事・洗濯・掃除はもとより、日常のことを、ずっと変わらず、全てきちんとやってくれました。

日中はいつも忙しく働いており、まとまった時間が取れなかったのですが、仕事の合間に手を止めて、ちょこちょこっと手帳に句を記し、また働いては句を書く、ということを繰り返していました。頭の中で言葉を練りながら、仕事をしていたのかもしれません。

日常生活の中で生まれた言葉を、妻は俳句にしていました。

平素、自分をさらけ出すことをしない妻でしたので、私に俳句の話をすることも、苦吟する様子を見せることもありませんでした。妻は毎日の生活の中で自然に句を作っており、妻が詠んでいたのは、本当の意味で、生活句であったと思います。

妻の遺した句が、遺句集という形で、本になったことを、とても嬉しく思っています。

大牧先生をはじめ、この遺句集のためにお力をお貸し下さった方々に、心より感謝申し上げます。

平成二十八年

菅　昌男

遺句集　水仙＊目次

装丁　三宅政吉

遺句集　水仙

藤の花

平成十五年～十七年

職退きて風すぢの外にゐる寒さ

風邪に寝て己が重さに疲れけり

姑ここに生かされてをり蝶の昼

いつよりかつよく遍路に惹かれをり

自家用と言ひし春菜に不信ふと

春潮や手にたつぷりの有機物

薯の芽を深くゑぐるや株安値

職退きし夫にありあり五月病

明易や卵を産まぬ鶏の鳴く

父母ありて明治は親し豆の飯

鵠沼に知る人ありし我鬼忌かな

草いきれ田の神おはす田を売りし

父のこより次から次と七夕来

一病の夫残し発つ秋黴雨

秋の蚊帳はなし半ばに姉ねむり

いまや空し不戦の誓ひ敗戦忌

今生の月と火星を夫とかな

体育の日の両膝に油さす

名月や五叉路で吾を見失ふ

黄落や夫のあゆみの一直線

残菊ややはらかきもの首に巻き

「老鶯」と師の句碑なぞる指小春

年の湯やはたらく手ほど爪のびる

七草や粥の白さを吉とせり

寒紅や夫にみちくさ教へねば

千鳥走るいよいよ過去をふやしをり

種薯と信じて籠の薯芽ぶく

蕗味噌や父の愛せし山を伐る

「頑張る」と言ふ受験子の恋さなか

蒲公英やたたかふ時は素手がある

紅梅や気づけば庭に空のあり

啓蟄や人体にがきものを欲る

揚雲雀かなしき性を組み込まれ
命継ぐ荷の重たかりむつごらう

土に生きし母メーデーに遠かりし

わが生の終章に入る更衣

若竹の力を抜きて竹となる

預かりし鍵重たかり芙美子の忌

病廊を急ぐ人あり祭前

入院の朝に郭公鳴きくれし

譲られて正しく坐る冷房車

今日もまた病者と聞きし遠花火

冷え過ぎを恷へてをりし無料バス

アルバムを閉ぢて烈しき夏果つる

夫のめまひ家族を廻す鬼やんま

穂孕みを口でたしかむ厄日前

秋声やこゑもつものの声濁り

蓑虫も吾を見てゐる虫めがね

稲を刈る鎌の柄にある父の癖

穭田やまた同じ字を引いてをり

吾が影のふと立ち止まる暮の秋

白障子妙によそよそしき書斎

餌台に小鳥来てゐる賀状書く

柚子風呂や福相となるまでの刻

クリスマス闇へと降りる昇降機

埋火や姑のこころのありどころ

一斉に水洟すする御名御璽

場違ひの席につらなり咳こぼす

狂ひたる時計を合はす建国日

麦踏のすれ違ふときも語らず

急いて食べねばせつかちな春キャベツ

思ひ当たることなき疲れ四月尽

メーデー歌木綿のシャツを一折りす

せんだんやほころび多き偉人伝

母の畑胡瓜勝手に曲りたる

鰺泳ぐ刹那のかたちして売られ

なすび焼く茄子のぼやきを聞いてをり

ただならぬ友の筆あと白木槿

秋の陽の落ちてすさびし簾かな

秋渇き子の住む町を通過せり

身のまはり秋の深まる味噌を溶く

帰り来てノブつめたかり友の通夜

経絡を乱す寒波の来たりけり

部屋の端に引き来て蒲団花と干す

胼薬すぐに寝落ちてしまひけり

急いてゐるのに焼芋屋前よぎる

泰山木

平成十八年〜二十年

平等に年改まる病家族

春疾風目鼻なくして帰りけり

砂防堰堤へどつくろへど風

初蝶や体臭をもつ親鸞像

ぶらんこの愚直に行つたり来たりかな

健脚の婿に白髪や羊歯萌ゆる

身の内の何かが滅ぶ木の芽時

初鰹金婚式を視野に入れ

サーファーの真水を浴びて人となる

麻服のよろけて旅の終りけり

木杓子にカレーの匂ひ夏休
この店の鏡が悪いアロハシャツ

熱帯夜肩にのこりし紐のあと

忘却の極みのははと居て涼し

あたらしき老いに出くはす蟇

天井の高き生家の蚊帳たたむ

掃苔やぬかづく夫の刻濃かり

重陽やのけぞつて見る高野槙

弟の栗が届きて良き日なり

竹の春人造竹に幣を張り

友病みて滴るほどに柿熟れぬ

体温を保つ鯛焼夫が待つ

二十指の一指が痛い蜜柑むく

梟や人の気うすき黒柱

冬帽子道譲られること多し

福豆のこんなところに生きのびて

阿蘇晴れてその地つづきとして枯野

コート脱ぐ胃の不具合を持ち歩く

天職と思ってをらぬ畑を打つ

蛤の焼けて酒席の膝くづす

竜天に他人事でない認知症
だいこくが元気を配る彼岸寺

菜花買ふ硬貨の中に硬貨入れ

行人の死角に憩ふ若葉風

蕗を煮る蕗の葉を煮るやや恙

卯の花や姉は七年先を生き

田草取る母のしあはせ疑はず

夏椿母に回復するちから

藺座蒲団枕に吾は無職なり

酔芙蓉いつしか寡婦の多き町

校庭に動くものなし広島忌

身に入むや父の齢を数へみし

何と言ふ残暑や屋根に鴉置く

ふかぶかと息を吐き切る大花野

最悪の夢にめざめし残る月

茶の花や日暮がそこに来てゐたり

煮返して黒きおでんとなりにけり

これよりの生が本番葱畑

冬の海見てゐる骨ばかりの自転車

寒波来て何やら安堵してをりぬ

梅香るいまはの話聞きそびれ

また新書買ひて蛙の目借時

春光の無色透明病衣干す

飯蛸をまた釣り落し海たひら

花菜漬無性に姉に逢ひたかり

古民家の誰がつかひし竹婦人

ある朝のことわりもなく雛巣立つ

夏帽子とぶ無防備な耳ふたつ

父の日の夫をひとりにして句会

瓜漬けて炎昼の土間まくらがり

自堕落ないつそ大汗かきにゆこ

海知らぬ母の境涯藍浴衣

たのもしく見遣りし山の茂りかな

暑き夜のいやな女になりさうな

猛禽の顔かいま見せ夏燕

掃苔を娘にたのむ心かな

雁渡し東京タワーと共に古り

焼林檎いまにも崩れさうなかほ

寒波急蒲団カバーのチャック咬む

晩節や蕪のスープをことことと

北窓を塞ぎ覚悟のやうなもの
あたらしき薬ためされ冬木立

秋桜

平成二十一年〜二十三年

風呂吹やうまく手抜きをしたつもり

詠むことは即ち癒し水仙花

おとうとの逝くは背信葱をむく

寒の底ふるさとはこんなにも遠し

初蕨関節ひとつづつうごく

菱餅のふうふうと焼く裁ちおとし

春の風邪やさしくされて老いにけり

牛蒡に芽母の元気に負けてをり

挿木して肺炎と言ふ落し穴

年寄りに励まされたる片かげり

子のすでに予定のありぬ巴里祭

地ビールの廃れし便り兄より来

電柱に根の生えてゐし油照り

橋脚の引くにひけない茂みかな

亡き人と多くを語る螢かな

行水をつかふ仕儀とはなりにけり

予定地のままの病院鰯雲

スプーンでゑぐる南瓜の種元気

後の月尊厳守る認知症

良き声の僧でよかった室の花

たよりたき人の爪切る冬苺

実千両食べつくされし夜の熟寝

ありたけの白息つかひ先を急く

日当たりて身を立て直す葱畑

富士のある方よりのバス初句会

濁り湯のさびしき鎖骨冴返る

建国日わたくしごとに終始して
腕振りて歩く快感チューリップ

確定申告余命の三日つひやして
日本一の山を黄砂のづかづかと

青梅や句会日家に居る不思議

籐寝椅子誰もが通る道なれど

意外にも明るい世間サングラス

万緑やタクシー水のごと静か

花火待つ無傷の空と海と人

鬼虎魚この面構へに嘘はなし

金魚玉誰ものぞかぬゆゑ欠伸

音たててころがる釦雲の峰

遠花火勇気が揚がる次から次

夜濯のしづく間遠に寝落ちたる

おののの終止符点す吾亦紅

父のごとき大樹をたたく冬はじめ

同病らしき人の会釈や冬至梅

冬の夜の音量上げてみてもふたり

干蒲団ふはり心臓眠るなよ

台形の富士をいただく葱畑

ドアノブの金属疲労久女の忌

遠火事や夫のよろこぶ泊り客

ひがしより西より訃報冴返る

青饅やことさらに父濃くなりぬ

マッチ棒ほどの釣り人西行忌

倒木のさくらに涙とめどなく

意識して口角あげるみどりの日

新茶汲む夫の反応いまひとつ

海開き刷込みされしごと走る

香水の適量知らぬままに老ゆ

もうすでに急ぐことなし海紅豆

ふたり居の淋しさ二倍糸瓜咲く

タクシーの西日むんずとぼんのくぼ

全身で聴く蟬しぐれ父祖の墓

秋渇き病気が言はせるてふ言葉

煮染芋父の好みの色となり

大仰に笑ひころげし木の実独楽

虎落笛すがるものの欲る南無帰命

前をゆくコートの人も通夜の道

ふと見せし夫の童顔冬木の芽

真昼間のすぐに終りし薬喰

水仙

平成二十四年〜二十七年

寒の水父に近づく兄のこゑ

いつよりか保護者めくなり椿咲く

何でも量る東京ドーム四月馬鹿

蕗味噌や良く眠れたかと聞くならひ

をぢさんの年齢不詳たがやせり

声太き友は現役田を返す

サングラス帽子にマスク私・だれ
青葉して行き交ふ人のみな他人

内定の知らせ未央柳しべを張り

寂しさといふ伏兵や雲の峰

スニーカー砂入りたがる月見草

百物語非常口の灯も消えて

こんなにも日常たふとし遠花火

前席のさびしき頭平和祭

ヘルパーも主治医も他人式部の実

茄栗や夫と空気のごと静か

草泊りせし日は遥か父よ母よ

秋深しこれより先はひとり旅

もう少し酸素が欲しい隼人瓜

埋火や父の境涯是非もなし

高圧線くぐり北指す大根畑

初雪や剛の木柔の木ただ静か

ややこしき男の估券霾ぐもり

しんがりを行くは長兄大野焼

いつしかに野太きこゑや新社員

短命の血の存へてうららかや

夫の手の他人めくなり養花天

早蕨のことに毛深き母郷なる

同じこと答へてをれば藤の花

口の渇きことに激しき憲法記念日

豆飯の豆のところと所望され

蚊帳といふ愉しき檻にとらはれし

茄玉子気嫌良く剝け海開き

夏百日その一日目より苦戦

おとうとも介護生活合歓咲けり

きな臭きお手玉うたや麦こがし

孤独てふ隠し味なる氷菓舐む

供華挿すや圧倒的な蟬のこゑ

法師蟬長子のさだめより解かれ

髭の濃き父のほほずり敗戦日

用水のいきほひ茄子の馬溺れ

掃苔の石しんとあり此岸なり

この蔓のはじまりはどこ通草の実
生真面目にとろろをすする弟よ

毒茸や死ぬほど笑ひしこともなし

一陽来復小腹の空くをよろこべり

荷の中に「港」『父寂び』冬の旅めく

夫の手のつめたしひたすら懐かしき

病室に安堵の眠り水仙花

冬暁の鉄塔すでに位につけり

ビルの陰豪気に湯気を吐きつづけ
持ち込みの寒卵受く微熱かな

としよりに負の遺産めく春耕

子より聞く夫の起ち居や水温む

亀鳴くや若くはないと念押さる

兄嫁も同病と聞く竹の秋

まとめ買ふ二円切手や郁子の花

賑やかに子の来てさびし藤の波

瓜揉みや皆それなりの音たてて

眠られぬ夜は眠らず青葉潮

結果待つ院内のカフェ栗の花

夫を待つこの刻が好き濃紫陽花

糠床に塩強くうつ田水沸く

ヘルパーを掃除して待つ水羊羹

白玉や超短髪をほめられて
天瓜粉夫を大福餅にしてしまふ

さくらんぼ少し派手目の介護帽
肉体を離れしこころ熱帯夜

黒揚羽ひげの先まで黒揚羽

病得てよりの臆病うなぎ飯

ゆるぎなき姉の持論や秋桜

娘らが表書きせし年賀状

寒波急句友のたよりあたたかし

水仙やかけ込み寺のごと入院す

おでん鍋夫はいつしか片付屋

病室で休養をとる水仙花

夫や子のゐてくれてこそ冬木の芽

三リットルの腹水を抜く冬掃除

そろそろの自立うながす薬喰

境涯の病まとめて年の暮

入退院つづきの年のつまりけり

五センチ開く窓新鮮な冬の空気

感覚の無くせし体外は冬てふ
去年今年記憶のかけら集めけり

百回噛み身をいたはるや去年今年

冬日燦病廊に見し富士尊し

冬薔薇子や孫のゐて夫の居ず

冬日燦病廊を廻る点滴棒

点滴につかまりてゆく冬椿

ぷつぷつと短きうどん木の芽時

夫のことはらからのこと目白来る

早々の消灯フランク永井のうた聞き眠る

仰臥して字を書くことも久しきかな

紙雛を壁に飾るや外は雨

ふるさとの夢みるいつも同じ景

入院も三月となりし爪を切る

子の帰るコートの邪魔な日なりけり

看護士と俳句のはなし土手青む

投句終へ生還したる犬ふぐり

子の帰る金輪際の孤独に眠る

眠剤追加所望す春分の夜

花冷や夫のかほ見ぬ三日なり

転院の決まりし夜や花の冷え

子の帰りひたすらに待つ日付かはるころ

見し夢を娘と話す春の川

母を想う

「もう少し元気になったら、第二句集を出そうよ」という私の勧めに、病床の母は「そうね」と微笑んでいました。その実現はなりませんでしたが、遺句集『水仙』という形で、母の遺した句を出版できることを心から嬉しく思っています。

私から見た母は、家族を愛し、家族のために尽くしてくれた人でした。妻・母・嫁としての仕事を完璧にこなし、不満や愚痴を言わず、強く自己主張することもせず、いろいろなことを受け入れて生きてきたように見えました。

そんな母が、生活の充実感を求めて俳句に出会ってから、少しずつ変わっていったように私には思えました。それまで一人で飲み込んできた様々な思いを、俳句の五・七・五の中に昇華した形で表現できたことは、母の救いになったのではないかと思います。

同時に、こうした表現をすることによって、家族優先だった母が、初めて「菅章江」個人として認められるという体験ができたのではないかと思います。そしてそれは母にとってこの上なく嬉しく、充実を感じられることだったに違いありません。

俳句の話をする時の母は、少女のようにかわいらしく、とても嬉しそうでした。入院中の病室で詠んだ句を一緒に選句し、病院の正面ポストに投函したのが最後の投句となりましたが、この時も、母がとても嬉しそうだったのを覚えています。

母は、「いい人生だった。楽しかった」と語り、この世を去りました。

そして、遺品の中からは、

俳句があってよかった
夫がいてよかった
娘がいてくれてよかった

というメモが見つかりました。

母にとって俳句は、「精神的生命そのもの」「生きることそのもの」であったように思います。俳句を通して沢山の方々と知り合うこともできました。母が俳句に出会えて、本当によかったと思っています。

母は気持ちの優しい、なんでもこなせる器用な人でしたが、一方で生真面目で手を抜くことを知らず、生き方には不器用なところがありました。私はそんな母がとても好きでした。七十九年の人生を見事に全力で走り切った母を誇りに思っています。そしてこの句集が、母へのささやかな供養になることを願っています。

大牧広先生は、母の遺句集を作りたいとご相談した際、快くお引き受けくださり、選句や序文、そして『水仙』という素敵な句集名をくださいました。また、右も左も分からない私に、なにくれとなく教えてくださいました。心より感謝申し上げます。

そして、この遺句集を読んでくださる方が、母のことを、記憶の一ページに留めてくださるなら、こんなに嬉しいことはありません。

最後になりましたが、「文學の森」の皆様に心より感謝申し上げます。

平成二十八年四月九日桜の美しい母の命日に

菅章江長女　川上ひろみ

著者略歴

菅　章江（かん・あきえ）

昭和10年　大分県生まれ
平成３年　「港」入会
平成11年　未明集同人
平成13年　「チェコ日本現代芸術の新世紀展」
　　　　　俳句部門「平和友好賞」受賞
平成14年　「日伊芸術驚異と美の饗宴」俳句部門受賞
　　　　　「日伊表象文化特別賞」受賞
平成15年　第１句集『海の小筥』上梓
平成16年　暁光集同人
平成27年　没79歳

連絡先　菅　昌男
〒253-0025　神奈川県茅ヶ崎市松が丘1-1-59

著者近影　茅ヶ崎海岸にて

昭和43年２月25日　自宅の庭で
左から長女・ひろみ、著者、二女・まゆみ、
三女・いづみ、夫・昌男、義母・サツキ

平成20年３月16日　金婚式のお祝旅行
左からまゆみ、いづみ、ひろみ、昌男、著者

平成22年12月３日　湯河原温泉にて

遺句集

水《すい》仙《せん》

発　行　平成二十八年七月二十七日

著　者　菅　章江

発行者　大山基利

発行所　株式会社　文學の森

〒一六九−〇〇七五

東京都新宿区高田馬場二−一−二　田島ビル八階

tel 03-5292-9188　fax 03-5292-9199

e-mail mori@bungak.com

ホームページ　http://www.bungak.com

印刷・製本　潮　貞男

ISBN978-4-86438-519-0　C0092

落丁・乱丁本はお取替えいたします。